W0264504

hundert
eins
Ein
SATZ
geschichten

Mit einem Vorwort von Hans-Eckardt Wenzel,
drei Zugaben und Illustrationen
von Hamster Damm

NELE HEYSE

hundert eins Ein SATZ geschichten

mitteldeutscher verlag

Sätze wie Smartphone=Fotos

»Lass mich nur noch einen einzigen Satz dazu sagen!«, rief er der Frau aus dem Flur hinterher. »Wieso nur einen Satz? Was ist denn los mit dir?«, die Frau stemmte die Arme in die Hüften und sah den Mann provozierend an.
»Weil schon alles gesagt ist«, schrie er, »tausendmal gesagt, und es hat nichts genützt!« – »Na da bin ich ja beruhigt, dass der Herr wenigstens noch mit mir spricht, wenn auch nur mit einem einzigen Satz!« Er knallte die Tür. Den Satz, falls er ihn auf der Treppe gesprochen haben sollte, konnte die Frau keinesfalls verstehen. Also hegt sie Hoffnung, dass er wiederkommt und es nicht der letzte Satz war. Denn der letzte Satz ist ein Satz, bei dem der Punkt beinahe wie eine Pistolenkugel geschossen kommt. Finitum.
Dieses Büchlein hat nur letzte Sätze. Genauer gesagt: Anfangssätze, die zugleich Schlusssätze sind. Satz- und Spielball. Also ein Spiel.
In unserer ach so schönen Welt schlagen wie Kometenstürme Sätze, die an keinen Punkt kommen, Schneisen in unsere Ohren: Talk-Shows, Statements, Gebrauchsanweisungen, Wahlprogramme – das unablässige Klappern der Gebetsmühlen des Selbstbewusstseins. Hastig kostümierte Gedanken beim Maskenball der Moden verschwinden unter der Last der Buchstaben. Archäologen aller Länder, bewegt Euch! Grabt aus unter der klappernden Sprache die Welt. Die Politiker haben die

Welt nur verschieden beredet – es kömmt darauf an, sie zu sehen. Aber wohin richtet sich der Blick? In die Weite? Kurzsichtig? Umsichtig? Nachsichtig? So ein kleines Detail, eine Winzigkeit im Mikrokosmos, Lichtjahre entfernt von den Wimpern kleinster Atome, leicht zu übersehen, leicht zu vergessen. Details, nichts als Details bilden die Welt.
Hier in diesem Büchlein werden sie gesammelt mit kleinem Focus, wie ein schnell geknipstes Foto mit dem Smartphone. (Wir sehen die Heere mit den verlängerten Taranteln, an denen Telefone hängen, die längst keine Telefone mehr sind, in allen Städten der Welt, und nur das gespeicherte Bild scheint die Wahrheit zu gewährleisten, dass man es wahrhaft gesehen hat.) Kleine Momente, ganz kleine, sehr kleine und klitzekleine und so wie die Kinder über das Touchscreen wischen (ob sie später noch wissen, dass früher die Bücher umgeblättert wurden?), so schieben wir uns aus einem Bild in das andere und es fallen uns Geschichten ein, Augenblicke, an die uns die Bilder verweisen. Was soll uns das lachende Gesicht auf dem Friedhof beweisen? Was erzählt uns das leere Bett? Nur unsere Erfahrungen vermögen das Pixelgewirr mit Sinn vollzuladen. So auch Sätze, die einen Punkt finden, die einen Schluss haben. Den Sinn einer Sache, meinte Hegel, erkenne man nur an deren Schluss. Also stellen wir uns auf den Hügel, der nicht größer ist als ein Punkt am Ende des Satzes, und denken zurück auf den Weg der Buchstaben, die sich um das eine und andere Komma winden, die Vokale mit ihrem schönen melodischen Sinn und die Konso-

nanten, diese Perkussionsmaschinen der Sprache. Wir lesen, und schon sind wir erschrocken, denn das Ende, der Punkt, das Schweigen erscheint plötzlich. Gewöhnt an die Ausführlichkeit, diese nicht enden wollende Geschwätzigkeit, die uns über die Abgründe hinwegtröstet mit der Virtuosität eines Paganini=Capriccios, verdeckt nach dem viel zu schnell erscheinenden Punkt das Schweigen wie einen Schreck. Es tröstet uns keine Pointe, wie beim Witz, beim Aphorismus, beim Bonmot. Wir stehen ratlos da, oben auf dem Punkt des Satzes, am Ende und mit der die Stimme hebenden Frage »Was nun?« öffnet sich eine kleine Tür. Aber wohin sie führt, das vermögen uns nicht einmal die schnell geknipsten Bilder des Smartphone zu verkünden. Das müssen wir selber finden. Das wäre der Schritt zurück: von den Bildern in die Welt.

Hans-Eckardt Wenzel
Bugewitz, im Juli 2017

1

Der Geschichtenerzähler

»Ein Tag ohne Geschichte ist wie ein Kopf ohne Gesicht, du wirst dich nicht erinnern können, nur von einem dunklen Etwas wissen, nicht einmal wirklich, ob dies rund war«, sagte der Geschichtenerzähler, holte aus, einen Halm aus dem Fluss zu ziehen, an dem sich ein Käfer festgebissen hatte, um dann von der Moldau zu erzählen, die durch Prag fließt, wo einmal ein großer Kollege von ihm Schwierigkeiten mit seinem Vater, seinem Büroalltag und seinen Brieffreundinnen hatte.

2

Vertrauen

Um sie durch die Hölle zu führen, nimmt er sie bei der Hand, verspricht ihr den Himmel, den sie nie verloren glaubte.

3

Die frischgebackene Familie

Als die Frau mit dem Neugeborenen nach Hause gekommen war, die erste Nacht den Eltern nur leidlich Schlaf beschert hatte, reichte am Morgen der dennoch glückliche Vater der dennoch glücklichen Mutter nach dem Duschen ihren Bademantel, an dem die Ärmel umgeschlagen waren, sodass er nicht mehr passen wollte und sie ihre Nase in den fremden Geruch am Kapuzenrand vergrub, da ihr Tränen in die Augen trieben.

4

Trauerbewältigung

Dass der Schmerz der Witwe plötzlich geringer und geringer wurde, ja, fast zum Erliegen kam, war nicht dem Trost ihrer Freunde anzurechnen, die den Tod des Mannes zumindest für ihn als Geschenk verstanden wissen wollten, da er eines Morgens, ohne vorherige Qualen erlitten zu haben, einfach nicht mehr erwachte, sondern der in verzweifelte Tränen aufgelösten, völlig fremden Frau am Rand des Grabes auf der Beerdigung.

Lebenssinn

Da er nicht wusste, wovor, und erst recht nicht, vor wem er warnen sollte, aber nun mal eine Trillerpfeife besaß, erzählte er den Leuten vom schwarzen feuerspeienden Mann, trieb sie um den Dorfplatz, ihr eigenes Feuer zu entfachen und bekam einen ihm in großer Zuneigung verbundenen Freund, der sich sein Leben vom Vertrieb neuester Bewegungsmelder und Alarmanlagen finanzierte.

6

Bumerang

»Nu hatter schon ne Brille uff und jeht trotzdem bei Rot rieber«, knurrt die schmallippige Berlinerin mit den gelben Strähnchen im ergrauten Haar dem jungen Mann entgegen, der gerade die Fahrbahn überquert hatte, an der Ampel neben ihr vorbeikommt und jetzt ruhig zu ihr sagt: »Und Sie werden bald sterben.«

7

Galgenhumor

»Lieber Arm ab als arm dran«, scherzte der Obdachlose mit dem jungen Team in Grün, das ihm auf den OP-Tisch half und gerade noch über die Reihenfolge der zu Amputierenden diskutierte, da sich der Chefarzt zu seiner Geliebten zurückgezogen hatte und dabei war, durch intrigante Machenschaften seinen Posten zu verlieren.

8

Manuskripte

Mehr als hundert Gedichte und siebzehn Erzählungen waren dem Schriftsteller von der Erbin eines Mannes anvertraut worden, von dem keiner geahnt hätte, dass er während seiner jahrzehntelangen Tätigkeit als Straßenbahnfahrer etliche Schulhefte vollgeschrieben hatte und später mit ihnen das Wackeln des Küchentisches zu unterbinden suchte, was dem Schriftsteller, der gerade an einer Schreibblockade litt, ein durchaus einleuchtender Verwendungszweck schien, während seine Frau, beim Lesen in Tränen aufgelöst, es kaum noch von der Toilette schaffte.

7

Fidibus

Es ging auf Mitternacht, als sie den Brief beendete, der alles für einen Abschied ohne Rückfahrkarte enthielt, doch nichts von der Sternschnuppe erzählte, die plötzlich dem Augusthimmel entfiel und sie langsam, sicheren Schritts in den Garten treten ließ, das Feuer zu entzünden mit dem, was früher ihre Großmutter als Fidibus bezeichnete und ein längs zusammengeknülltes Papier war, das sie jetzt aus all den beschriebenen Bögen gleich mehrmals fertigen konnte.

10

Der neue Lebensabschnitt

Die Zeiten verschoben sich ineinander, die Dinge gerieten ihr durcheinander, und irgendwie schien doch wiederum alles miteinander zu verschmelzen, als sie begriff, dass sie ein gewisses Alter erreicht haben musste, ihr Geist sich aber in die Kindheit verwurzelte und Blüten zu treiben begann, dass sie sich nie so jung, so bewusst jung gefühlt hatte wie gerade eben noch.

11

Vielfalt

In einer Gegend, wo es unüblich war, sich beim Besteigen des Busses das Jackett zu richten und die Krawatte fester zu binden, trafen zwei Eichhörnchen aufeinander und wunderten sich, dass sie sich farblich so vehement voneinander unterschieden.

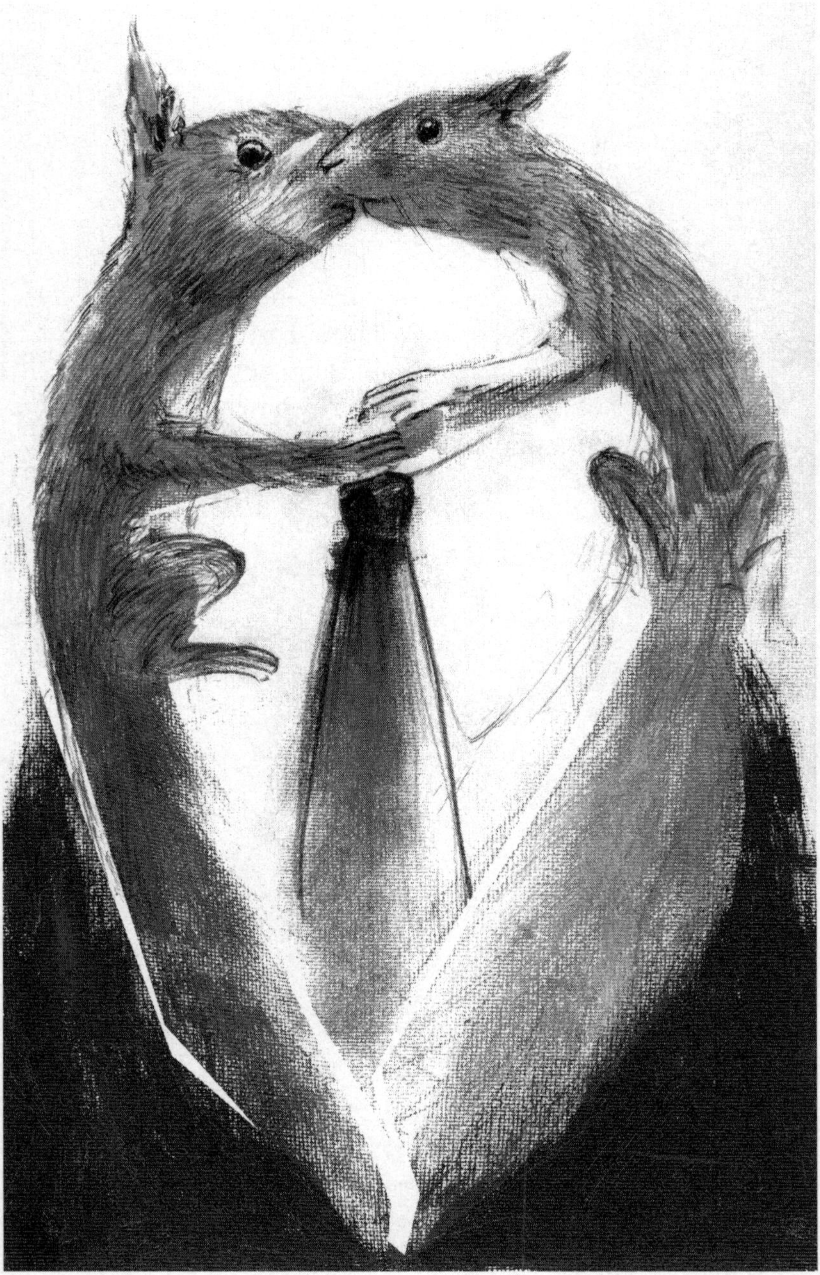

12

Plagiat

Bevor ihr Atem aussetzte und niemand in der Nähe war, Hilfe zu holen, arbeitete sie an einer Rede, die sie in einigen Passagen wortgetreu ihres Großvaters Schulaufsatz entnommen hatte, der mit dünner edelster deutscher Schönschrift in ein über Jahrzehnte pfleglich gehütetes, schwarzblaues Oktavheft geschrieben stand und nun erstmals durch den Schleim der Spucke der sterbenden Frau Schlieren davontragen sollte.

13

Vorbild

»Ich kann nicht mehr, alles zu viel!«, sagte er und legte sich äußerst vorsichtig – da es zum Erfahrungsschatz des Zweijährigen gehörte, dass Fliesen hart, gegebenenfalls auch kalt sind – auf den nackten Küchenboden, um darauf zu warten, dass sein Papa kommen möge, ihn aufzuheben, ins Wohnzimmer zu tragen, herumzuwirbeln und ihm unter Küssen eine Überraschung ins Ohr zu versprechen.

14

Deal

Der Krabbensalat, den nur sie gerne aß, und die sündhaft teure Handtasche italienischen Designs, die ihr Ehemann für sie auf den Küchentisch legte, wären nicht nötig gewesen, ihr darüber hinwegzuhelfen, dass er gestern eine lukrative Arbeit im 2.800 Kilometer entfernten Madrid zugesagt hatte, da sie schon der Gedanke befriedigte, den Gärtner in Bälde auch hin und wieder im Haus übernachten lassen zu können.

15

Erkenntnis

»Ich war noch nie so glücklich wie jetzt«, sagte der 82-jährige Mann, nachdem er am Vormittag per Fahrrad auf der nächsten Polizeistation freiwillig seine Fahrerlaubnis abgegeben, am Nachmittag auf die verführerischen Spiele seiner Frau reagierend, in ihr gekommen war, und am Abend den Salat mit Anteilen von Schweinefleisch nebst einem Weißburgunder zu sich genommen hatte.

16

Notwehr

Im Zimmer des Jungen brannte noch viertel nach drei Uhr nachts die Leselampe, da seine Lehrerin ihm zu verstehen gegeben hatte, dass sie erst, wenn er in der Lage sei, sein Anliegen in einem einzigen, grammatikalisch einwandfrei formulierten deutschen Satz zur Sprache zu bringen, auf ihn reagieren wolle.

OFFICE
HB

17

Freiheit der Entäusserung

»Komm, Junge, mach dich berühmt!«, rief er dem Fußballspieler auf dem überdimensionalen Flachbildschirm an der Wand entgegen, setzte die Bierflasche an und versäumte seinem Enkel auf dem Teppich vor ihm das iPad aus der Hand zu nehmen, von dem sich das Kleinkind die zuletzt gespeicherten Videos ansah und dabei sagte: »Mama aua aua, Onkel macht Mama aua aua!«

18

Lektüreempfehlung

»Es ist ein Irrtum zu glauben, dass in der Liebe wie im Krieg alles erlaubt sei«, stand auf dem Cover des Taschenbuchs, das sie ihrer Tochter in den prallgefüllten Reiserucksack schob, das Bild vor Augen, wie diese dem Geliebten der Mutter heimlich ins Bad gefolgt war, die Türe von innen verschlossen und dabei vergessen hatte, dass die besänftigend abwehrenden Töne des Mannes durch das gekippte Fenster auf dem um die Ecke liegenden Balkon zu hören gewesen waren.

19

Aufmerksamkeit

Um nichts, als endlich gesehen zu werden, verschwand sie, buddelte sich in ein Erdloch, versorgt mit dem Nötigsten und hoffte, Teil der Nachrichten in der »Tagesschau« zu werden, was zu überprüfen für sie allerdings unmöglich werden sollte, da sie schon in der vierten Nacht erfror.

20

Künstlerleben

»Donnerstags kann ich nicht, da fick' ich immer!«, rief die alleinerziehende Schauspielerin dem Mann aus der Parterrewohnung – in der berechtigten Hoffnung, nie mehr von ihm angesprochen zu werden – entgegen, als er sie zur Hausversammlung zwecks Festlegung der Treppenputzpläne einladen wollte und sich dabei wiederholt über den ständigen Strom junger Männer aufregte, der zu den unmöglichsten Tages- und Nachtzeiten an seiner Tür vorbei zu ihr hochstrebte.

21

Unfall

Zweimal überschlug sie sich mit ihrem Kleinwagen, nachdem sie das Lenkrad abrupt rumgerissen hatte, um dem LKW zu entgehen, den die Tränen in ihren Augen so verschleierten, dass dieser die immer wieder vor ihr auftauchende Szene des Geliebten im Kuss mit ihrer vertrautesten Freundin nur schemenhaft verdrängen konnte und sie nun ausschließlich die Frage bewegte, ob es einen Gott gibt, vor dem sie gleich zu stehen hätte.

22

Humor bleibt sexy

Der Bohrer war kaum aus der Hand gelegt worden, als das Regal auseinanderbrach, ihn bis auf seinen erschrocken aufschreienden Kopf begrub, was seine Frau dermaßen zum Lachen brachte, dass der Nachbar sich nun definitiv entschloss, sie zum Kaffee einzuladen, da er sich gerade von seiner humorlosen Freundin getrennt hatte.

23

Dankesrede

Besser hätte man seinem Vater nicht gerecht werden können, so nah, so ehrlich, weitherzig, dabei nicht ohne Humor, eben genau wie er sein Leben lang gewesen sei, sagte die Frau am Treppenabsatz der Friedhofskapelle zum Trauerredner und bemerkte nicht mehr, dass dieser, nachdem er sich abgewandt hatte, erschrocken in seinen Unterlagen wühlte, da er bis eben im festen Glauben war, einen jener jungen Männer verabschiedet zu haben, die dem Drogentod zum Opfer gefallen sind.

24

Motten

Sie saßen bei hellem Kerzenschein, als sie ihm sagte: »Ich liebe dich«, woraufhin er schmunzelte, ihr einen Luftkuss zuwarf, sich im Sessel zurücklehnte dabei einen fahren ließ, sodass beide aufsprangen, das Fenster zu öffnen und sie nun dem Ansturm von Motten ausgesetzt waren, wodurch der Abend in Tränen endete.

25

Wegbestimmung

Die wiederholte Äußerung des Nachbarn ihres Onkels, dass dieser mit seinem zweiten Standbein auf dem Holzweg gewesen sei, verstanden sie erst, als es ans Erben ging und sie statt der erhofften Millionen einen Batzen Schulden zu erwarten hatten, den zu begleichen ihnen nicht möglich war, ohne krumme Wege einzuschlagen.

26

Sieger der Geschichte

Es wollte ihr nicht gelingen, den Beamten zustimmend anzulächeln, als er sagte, sie könne sich stolz fühlen, da man sie in ihrer Stasi-Akte zum Feind der DDR und ihren 1983 gestellten Ausreiseantrag zum aggressivsten des Bezirks erklärt hatte, den ein damaliger Kollege allerdings – dessen Name in den Unterlagen von der Behörde inzwischen geschwärzt wurde – als ›nicht gefährlich‹ einstufte, da sie wegen ihrer spontanen Äußerungen vom Kollektiv ohnehin nicht ernst genommen worden sei.

27

Pensionierung

Er fühlte sich wie 35, sah aus wie 45, war aber 65 und sollte sich zurückziehen aus seinem Job, der sein Leben war, was er auch tat, indem er am fünfzehnten Tag nicht mehr aufstand und nach fünf Stunden einschlief, um nicht mehr aufzuwachen.

28

Rausgeschmissenes Geld

Der Zusammenhang wurde ihr nicht sofort klar, warum ihr (da sie die horrende, noch ausstehende Rechnung für die sechs perfekt angepassten Zahnimplantate in den Händen hielt, nachdem sie am selbigen Morgen das Gespräch ihres Mannes mit dem Arzt belauschend, die Ahnung bestätigt bekommen hatte, dass sie wahrscheinlich noch im Herbst, also vor Weihnachten, ihrer Krankheit erliegen würde) eine Szene aus Wolfgang Borcherts Stück »Draußen vor der Tür« nicht mehr aus dem Kopf ging, in der die Nachbarin sich bei dem heimkehrenden Soldaten über das verschwendete Gas beklagt, das seine Eltern für ihren Freitod nutzten und mit dem man noch gut einen Monat lang hätte heizen und kochen können.

29

Bleibende Reue

Damals, sagt die alte Frau, habe sie als Zwölfjährige auf der wochenlangen Flucht im kalten Winter aus Schlesien, nachdem die verwitwete Mutter verkündete, gemeinsam mit ihr und den kleinen Geschwistern in die Elbe zu gehen, wenn die entfernte Verwandtschaft bei Magdeburg die Familie nicht aufnehmen könne, bei sich gedacht, dass sie ja Gott sei Dank eine gute Schwimmerin sei, was ihr noch heute, über siebzig Jahre danach, ein schlechtes Gewissen macht.

30

Erlösung

Beängstigend rabiat wurde des Nachts das alte Ehepaar aus dem Schlaf gerissen durch bizarres Möbelrücken in der Wohnung des sanften, höflichen und eher stillen jungen Mannes über ihnen, von dem sie später erfuhren, dass er aus Unfähigkeit, seiner Freundin die Trennung auszusprechen, sich von dieser in flagranti hatte erwischen lassen, damit ihm die Entscheidung abgenommen werden konnte.

31

Späte Zärtlichkeit

So sanft und so lange hatte er sie seit fünfzehn Jahren nicht mehr berührt, da sie in seinen Armen lag und sein Körper sich zart an den ihren schmiegte, keine Lücke zulassend zwischen seinem Bauch und ihrer Taille, die Lippen dicht an ihrem Ohr, Worte flüsternd, aus dem Reservoir, das er verschüttet glaubte, Worte, die sich wie von selbst ergaben, kämpfend gegen die Erschütterung einer Gewissheit, die anzunehmen er nicht zu akzeptieren gedachte, bis der Arzt und das Bestattungsunternehmen das Kommando an sich rissen.

32

VORAHNUNG

Während der Zigarette danach hatten sie die Mühen des Beischlafs weggelacht, saßen nun bei Kaffee und heißer Schokolade in der Lobby des Hotels und planten einen Zoobesuch, von dem er schon jetzt wusste, dass der Anblick des Tigers hinter Gittern ihm die Tränen in die Augen treiben werde.

33

Termine häufen sich

Als sie die 456 Kilometer zu ihrem 87-jährigen Großonkel auf sich nahm, da man ja nie wissen könne, ob man sich noch wiedersehen würde, ahnte sie nicht, dass die vereiste Fahrbahn für Gewissheit sorgte und den alten Mann dazu veranlasste, in weniger als drei Wochen den umgekehrten Weg per Zug zu nehmen, im Gepäck seinen schwarzen Anzug, den zu tragen er in letzter Zeit des Öfteren genötigt war.

34

Auszehrung

Den Verrat bekennend, weint er sich aus zwischen ihren Brüsten, wird los die Last der falschen Liebe, erfährt wiederholt Vertrauen, wiederholt breiten sich ihm die Arme aus, um die er nicht mehr zu flehen braucht und übersieht dabei, dass sie längst vom Fleisch gefallen.

35

Der Griff ins Leere

Schweißgebadet nach quälenden Traumsequenzen erwachend, suchte ihre sich aufbäumende Hand Rettung in der Sicherheit ihres Ehemanns, die sie seit 26 Jahren links von sich wusste und griff dermaßen erschrocken ins Leere, dass sie das Atmen vergaß und einen Herzstillstand riskierte, bis ihr endlich einfiel, die Nacht in einem Wellnesshotel verbracht zu haben, wodurch erstmals ihre gewohnte Liegeordnung aufgehoben worden war.

36

Gedankenfreiheit

Ihre Freiheit massiv nutzend, hielten die Gedanken ihn dermaßen gefangen, dass er sich genötigt sah, die Klinke zum irischen Pub in der August-Bebel-Straße herunterzudrücken, in voller Absicht zum Tresen zu streben, mehrere Jamesons nacheinander zu bestellen, um sich diese, während eines tieferen Gesprächs über Landschaften, beginnend mit den rauen Weiten Connemaras, mit einer rothaarigen Frau aus dem Harz zu teilen.

37

Feuer

Unter anhaltendem Gekicher versuchten drei junge Mädchen, die nach einer ausgelassenen Weihnachtsfeier aus der U-Bahn kommend über die Treppe in den windigen Nieselregen gestiegen waren, vergebens ihre Zigaretten anzuzünden und baten nun drei etwa gleichaltrige Männer, die hinter ihnen auftauchten, um Feuer, das diese ihnen aber, nicht nur weil sie in Eile waren, sondern auch, weil sie ihre Feuerzeuge krampfhaft in ihren Jackentaschen festhielten, verweigerten, da sie mit ihnen gerade unten im Schacht einen schlafenden Obdachlosen in Brand gesetzt hatten.

38

Was gegen die Ehe spricht

Die alte Nachbarin im Dorf ihrer Großeltern, die sich als Bildhauerin einen Namen gemacht hatte, winkte lächelnd zu ihr herüber und rief, als sie ihrer nicht mehr zu übersehenden Schwangerschaft gewahr wurde, wissend, dass der Vater des zu erwartenden Kindes schon seit Monaten das Weite gesucht hatte: »Männer, ach, Männer, vergiss sie, die wollen nur feste Essenzeiten.«

37

Ausweg

Der Schmerz der sich wiederholenden Worte in die Telefone der beiden Frauen, die er unversehrt wünschte, drang plötzlich derart in sein Inneres, dass er sich selbst als unbrauchbar empfand, umgehend seine Nummer blockierte, nach einem tiefen Atemholen und tapferen Anhalten sein Handy aus dem dritten Stock auf dem Beton der Straßenkreuzung zerschmettern ließ, zwei Schlaftabletten nahm, um endlich den seit Monaten ersehnten Schlaf der Gerechten wiederzufinden.

40

Enttäuschte Sehnsucht

Um nicht den Verstand zu verlieren, stellte er sie sich als Insel mit sumpfigen Boden vor, auf der man, war sie endlich erreicht, versinkend zu ersticken drohte und nur durch Loslassen wieder im Meer der übrigen Hoffnungen, zwar schwimmend, aber doch lebend weiterexistieren konnte – für eine Weile.

41

Auszug

Er öffnete das Fenster, die Sonne hereinzulassen, wohl ahnend, dass auch die Libelle sich wieder im Vorhang verfangen könne und den Hund nervös machen würde, um endlich dem Tag ein wenig Aufregung angedeihen zu lassen, da er erst für morgen vorhatte, seine Sachen zu packen, das Haus wie sein bisheriges Leben auf Nimmerwiedersehen zu verlassen.

42

Überbuchung

Sie hatte die Tickets gebucht für den gemeinsamen Sommerurlaub mit ihrem Geliebten, der ihr versichert hatte, sich von seiner Familie trennen zu wollen, nur leider nicht bedacht, dass seine Sekretärin, fünfzehn Jahre jünger, voller Witz und mit dem Charme einer talentierten Ballerina, die schon länger seine Aufmerksamkeit hatte, ihn mit dem Auto abholen würde, sodass er mit ihr eine Hütte am See der spanischen Atlantikküste vorzog.

43

Des kleinen Jungen Freude

»Es gibt Frauen, und es gibt Vampire«, sagte sie und drückte auf ›Senden‹, nicht ahnend, dass in 350 Kilometern Entfernung der Mann vor seinem Computer nach weniger als dreißig Sekunden den in der Schublade des Gründerzeitküchenbüffetts verstauten Strick herausgezogen und am Fenstergriff des vor ein paar Monaten erneuerten Oberlichts befestigt haben würde, um diesen für sich dergestalt in Aktion zu bringen, dass es am Abend noch zu etlichem Lärm kommen sollte, ausgelöst durch eine Reihe von Fahrzeugen, die sich vor seinem Wohnhaus einfanden und den kleinen Jungen von nebenan zum Jubeln anhielten über das »Tatütata«-Polizeiauto, den Krankenwagen und die Feuerwehr.

44

Initialzündung

Sie zuckte zusammen, als sie das Wort ›niederträchtig‹ in der Dokumentation über die KZ-Aufseherinnen aus Dachau vernahm, da eine ihrer Freundinnen gestern die Geliebte ihres Mannes mit dem gleichen Adjektiv bedacht hatte und sie sich nun in eine neue Phase ihrer Beziehung gezwungen sah, in der sie keinerlei Wut mehr empfand, nur noch echtes Mitleid, und das hatte schon einmal das Ende der Liebe bedeutet.

45

Versprechen

Als der Mann, nachdem er sich in sie ergossen hatte, ihre Augen suchte für einen langen stummen Blick, wusste sie, dass er über die Zigarette und das Frühstück hinaus bleiben und erneut kommen würde.

46

Später Fund

Die Weihnachtsdekoration blinkte durch tanzende Staubpartikel in der Märzsonne, als sie dem alten Mann auf dem Fußboden das Brötchen aus der Hand nahmen, auf dem sich, wie man später herausfand, Reste von Leberwurst befanden, das die Maden außer Acht gelassen hatten.

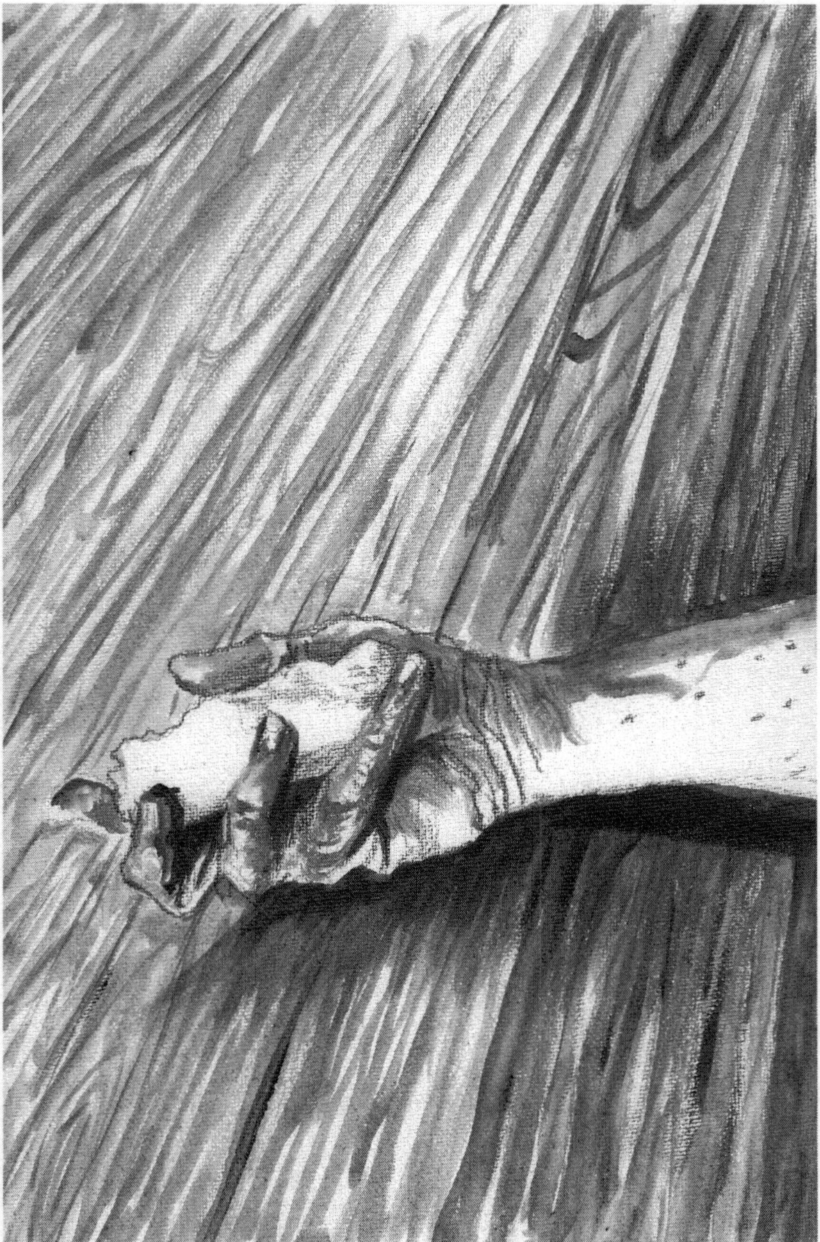

47

Platonische Vereinigung

Während sie lächelte über das, was er erzählte, weinten ihre Augen, so dass die Brille beschlug und er sie ihr abnahm, um mit seinen Wimpern die ihren zu berühren, dabei einen Niesanfall bekam, was dazu führte, dass sich ihre Körperflüssigkeiten vereinigten, obwohl sie es für sich ausgeschlossen hatten, miteinander Geschlechtsverkehr zu haben.

48

Tanz auf mehreren Hochzeiten

Während er mit seiner Frau telefonierte, begann er verzweifelt sein iPhone zu suchen, da ihm bewusst wurde, dass ihm seine Geliebte das nächste Date per WhatsApp-Nachricht angekündigt hatte, welche er in einer Sitzung nur beiläufig überfliegen konnte und nun befürchten musste, die Dienstpläne nicht darauf abstimmen zu können, bis ihm schwarz vor Augen wurde und beim Niedersinken das Gesuchte über die rechte Schulter glitt.

49

Trauerarbeit

Fast ununterbrochen hatte sie seit drei Wochen um den Verlust ihrer Mutter geweint, so dass sie sich eine Sechzig-Euro-Augensalbe kaufte, um dem Makler für den Verkauf ihres Elternhauses gefasst zu erscheinen, was ihr allerdings beim Betreten der Räume versagt wurde, da sie, aus einer plötzlichen Wut heraus, dem völlig humorlosen Mann die Vase, welche sie mit sieben als Weihnachtsgeschenk bemalt hatte, über den Kopf schlug und ihn damit zu Boden streckte.

50

Wiedersehen

Augenblicklich versank er in seiner Kaffeetasse, als könne er durch die schwarze Flüssigkeit erkennen, was die Welt im Innersten zusammenhält, da es sich bei der Frau, die gerade am Nachbartisch Platz nahm, zweifelsfrei um die Mutter des von ihm vor 42 Jahren lustvoll gezeugten, dann aber entschieden abgelehnten Kindes handelte, welches, inzwischen zu einem Mann mit ausreichender sozialer Kompetenz herangewachsen, eine siebenköpfige Familie gegründet hatte und ihm ab und zu Almosen zukommen ließ, die er anzunehmen sich nicht verwahrte, obwohl ihm die Scham manch schlaflose Nacht bescherte.

51

Sinnsuche

»Leben ist nicht genug«, sagte der gelähmte Rollstuhlfahrer, nachdem man ihn festsetzte und befragte, warum er das Rauschgift, was er weder für seinen eigenen Konsum noch zum Weiterverkaufen benötigte, geschmuggelt hatte, »man braucht auch einen Sinn«, und den würde er nun in einem mehrjährigen Gefängnisaufenthalt für sich erfüllt sehen.

52

Unmögliche Befriedigung

Nicht um Schulden zu begleichen, die es nie gab, nicht um zu erwerben, was ihm zu kaufen wert erschien, zu helfen, wo Not, Armut, und Bedrohungen zu lindern gewesen wären, braucht er Geld, Geld in unfassbaren Mengen, was zu beschaffen er schon lange auch auf unlauteren Wegen versucht, sondern, um endlich im Jetzt zu sein, angstfrei der Amsel zuzuhören, die auf dem Ast vor seinem Fenster jubiliert und von seinem Dunkel keinen Schimmer hat.

53

Rückkehr

Nach vier Jahren zwischen zwei Frauen entschied sich der Mann für die, die er am meisten belogen hatte, seine nichtsahnende Ehefrau, um wieder zu dem zu werden, der er schon immer zu sein wünschte, und widersprach damit der Statistik, dass sich Männer in der Midlife-Crisis zu jüngeren Frauen hingezogen fühlen.

54

Nicht erwähnenswert

Schon vor Tagen gestand die Fünfzehnjährige den Großeltern ihre innige Liebe zu einem Mädchen aus ihrem Chor, das sie ihnen als offen, witzig, schlagfertig, tief, klug, mit der Gnade einer warmen weichen Stimme beschrieb und von herzerfrischenden Momenten erzählte, die sie mit der Freundin erlebt hatte, ihnen aber erst heute ein Foto von ihr zeigen konnte, auf dem das alte Paar tiefberührt eine Farbige erkannte.

55

Gewinnspiel

Eigentlich wollte sie ihn gar nicht, war die Vorstellung, seine Socken zu waschen, sein Schnarchen des Nachts und seinen Mundgeruch am Morgen auszuhalten, eine sie eher betrübende, aber der für sie aussichtsreiche Kampf um den Mann ihrer Chefin beflügelte sie als zwanzig Jahre Jüngere in ihren alltäglichen Verrichtungen enorm, so dass es ihr auch möglich war, die nicht eingetroffene Gehaltserhöhung leicht verkraften zu können.

56

Pietät

Sie paddelte im Boot ihres Sohnes, als sie der Anfall überkam, der schlagartig ihre vage Vermutung zur Erkenntnis wandelte, dass ihr Leben sogleich dem Ende zustrebte und sie sich schnellstens zum Ufer hangeln müsse, ihren gekrümmten Körper aufs Gras zu hieven, um auch den Enkeln Wassersport als erstrebenswertes Hobby zu erhalten.

57

Rechnung geht nicht auf

Da er seinen Job nicht mehr wollte, aber wusste, dass ihn sein Chef nicht so einfach gehen lassen würde, verführte er dessen Frau, nicht ahnend, dass dieser schon lange darauf hoffte, sie loswerden zu können.

58

Präkastination in Reinkultur

Das großformatige Bild mit dem Titel: »Das Licht der Anderen«, von dem die Grundierung stand, auch einer der beiden geplanten Scheinwerfer des Phantasieautos wie ein aufgescheuchtes Entenpaar im Hintergrund sollte – wäre da nicht die Sache mit dem Buch, was er zu schreiben zugesagt hatte, die Terrassendielung, die einen frischen Anstrich bräuchte – bis morgen fertig werden, was aber, wegen der noch durchzusehenden Feuilletons in den Zeitungen von letzter Woche nach den Rezensionen über Ausstellungen gewisser Kollegen, sowie dem in völlige Unordnung geratenen Keller und endlich der anstehenden Zeugung des gewünschten Sohnes, die dringend angegangen werden sollte, auf der Kippe stand, auch weil er die Nachbarin gern verführt hätte.

59

Himmlische Täuschung

»Da hinauf!«, rief er entzückt, sprang mit all seiner Kraft in die Baumkronen, die sich im eiskalten Wasser spiegelten und verwunderte mit seinem weitspritzenden Aufprall eine in etwa achtzig Metern Entfernung am Ufer sitzende Anglerin, die gerade aus einem Sekundenschlaf erwacht war, einen Fisch am Haken wähnte, welcher offenbar im Vorbeischwimmen eiligst nach der Beute am Haken gejapst hatte, bestrebt, der raumeinnehmenden Masse Mensch in seinem Laichbereich zu entkommen.

60

Tatbestand: Hausfriedensbruch

Sein Sohn war es, der dem ehemaligen Hygienearzt von Auschwitz die Faszination störte, die er durch den Besuch eines seiner damaligen ›Experimente‹, einer polnischen Jüdin, empfand, von deren Überleben er aus wissenschaftlicher Sicht äußerst überrascht war, ihre anhaltenden Beschwerden aber als nur folgerichtig einstufte, auf jedes weitere Gespräch darüber, nebst genauerer Untersuchung, jedoch verzichten musste, da ihm wohlgesonnene Nachbarn seine Familie informiert hatten, die veranlasste, die Eingelassenen, zu denen auch ein Journalist und ein Fotograf gehörten, durch anrückende Polizei des Hauses zu verweisen.

61

Lücken

Warum es nie zur reinen Ausgelassenheit mit den besten Freunden und nächsten Angehörigen am Lagerfeuer kommen konnte, obwohl da sogar jemand Lieder sang, die in ihrer Mehrdeutigkeit generationsübergreifenden Spaß brachten, wusste jeder der Anwesenden damit zu beantworten, dass es immer einen gäbe, der fehlt.

62

Vom Haltenwollen

Als er ihren roten Mantel und ihren langen dunkelbraunen Pferdeschwanz unter den vielen trotzig aufgespannten Regenschirmen verschwinden sah, dachte er an seine Großmutter, die ihm als Kind geraten hatte, einen besonderen Moment in Gedanken zu streicheln wie sein Plüscherdmännchen, dann würde er ihn für lange, vielleicht sogar für ewig, behalten können.

63

Zweifel

Erstmals nach Jahrzehnten sagt sie mit Tränen in den Augen das Vaterunser – von dem sie für sich als Kind die Zeile »wie auch wir vergeben unseren Schuldigern« bei jedem Beten gestrichen hatte, um den lieben Gott nicht zu belügen, da es ihr unmöglich war, ihrem Bruder zu verzeihen – vor dessen Grab nun vollständig und zweifelt dabei, ob das späte Bekenntnis noch Sinn hat.

64

Merkwürdigkeiten

Erst als der Elefant um die Ecke kam, um die Zinnbadewanne ihrer Kindheit unter dem Ahorn, der eigentlich ein Apfelbaum sein sollte, umzukippen, während ihr eine raffinierte Möwe vom Helsinkier Hafen im Flug die Kugel Erdbeereis von der Waffel stibitzte und sie sich so einsam fühlte wie dereinst beim sonntäglichen Kindergottesdienst in der katholischen Kirche auf den Mädchenbänken, da sie sich heimlich in den dünnen Jungen mit der schönen Stimme aus dem Chor verliebt hatte, der als erfolgsverwöhnter Egoist galt, wusste sie, dass mit ihren Träumen etwas nicht in Ordnung sein konnte.

65

Zuversicht

Sie saß in der Sauna, dachte darüber nach, was mehr weh tat, dass der verheiratete Mann, mit dem sie seit vier Jahren ein heimliches Verhältnis lebte, sich nie von seiner Frau trennen würde oder das belauschte Gespräch ihrer Freunde, in dem ihr Liebhaber als niederträchtig beschrieben worden war und entschied, sich im kalten Becken länger, als es ihr gut tun sollte, auszuharren, aber dennoch ihr Leben nicht ändern zu wollen.

66

Vorausplanung

Obwohl ihre Freunde allen Grund hatten, sich wohlzufühlen im Sommerhaus ihrer Schwiegermutter mit dem Blick übers Meer und den auf Flohmärkten liebevoll zusammengetragenen Möbeln und Gegenständen aus alten Zeiten, kippte die Stimmung erheblich, nachdem sie fröhlichen Herzens ihre Umgestaltungspläne ausmalte, für den Tag, wenn das alles erst mal ihr Eigentum sein würde.

67

Doppelt unverdientes Pech

Da er schon seit Tagen nicht mehr nach Hause wollte, wo er seine Frau mit seinem ehemals besten Freund im Bett überrascht hatte, erhoffte er im Altkleidercontainer etwas Warmes für die Nacht zu finden, blieb aber in diesem stecken und konnte erst von der Polizei befreit werden, die ihn in Gewahrsam nahm, um eine Anklage wegen versuchten Diebstahls einzuleiten.

68

Alternative

Wahrscheinlich befand sie sich wieder in der Phase des Yo-Yo-Effekts, da ihr Kleid trotz hingebungsvoller Diäten in den letzten Wochen einfach nicht passen wollte, dachte sie, sah seufzend auf ihr Flugticket, das sie zu einem alten Freund nach Mallorca bringen sollte, den sie siebzehn Jahre nicht mehr gesehen hatte und zog die unterste Schublade mit den drei versteckten Tafeln Schokolade auf, um diese in der nächsten Stunde – die Maschine nicht mehr erreichend – auf ihrem Sofa kauernd zu verschlingen.

67

Trost

»Wenn sie damals nicht gestorben wären, würden sie heute auch schon tot sein«, sagte der braungebrannte junge Mann, dem die Aufgabe übertragen worden war, den bröckeligen Sockel unter der in Stein gehauenen Engelsstatue zu entsorgen, mit einem weichen Lächeln in die weinenden blassblauen Augen der alten Frau, die das Geld nicht hatte aufbringen können, das Erbbegräbnis ihrer Eltern weitere zwanzig Jahre zu pachten.

70

Neuzeit

Vor einigen Jahren kosteten ihn die Frauen, die er nachts anrief, noch ein Vermögen, jetzt, Dank WhatsApp, benötigte er nur hin und wieder ein neues Smartphone, entweder, weil ihm hin und wieder das Display kaputtzugehen pflegte oder das ganze Gerät im Toilettenbecken verschwand, was ihm eklig war, besonders, wenn er zuvor da hineinejakuliert hatte.

71

Hingabe

Ihre äußere Schönheit ließ sich für ihn nicht annähernd so bildreich in Worte fassen, wie es ihm im Vergleich dazu mit ihrem inneren Problem gelang, welches sich auch auf ihn schmerzlich auswirkte und er so beschrieb, dass sie einfach zu geizig sei, mit einem Mann zu schlafen, weil der dann ebenfalls etwas davon haben würde.

72

Zukunftsplanung

»Da mein Leben nicht ausreicht, die Häuser zu bewohnen, die ich gern besitzen würde, habe ich entschieden, den zähen Fluss meiner Tage, gespickt mit Betablockern, dahingehend zu unterbrechen, dass ich mich hiermit um einen Platz in einem jener Tiefkühlsärge bemühe, von denen es heißt, dass sie in etwa hundert Jahren von der Wissenschaft wieder geöffnet werden würden.«

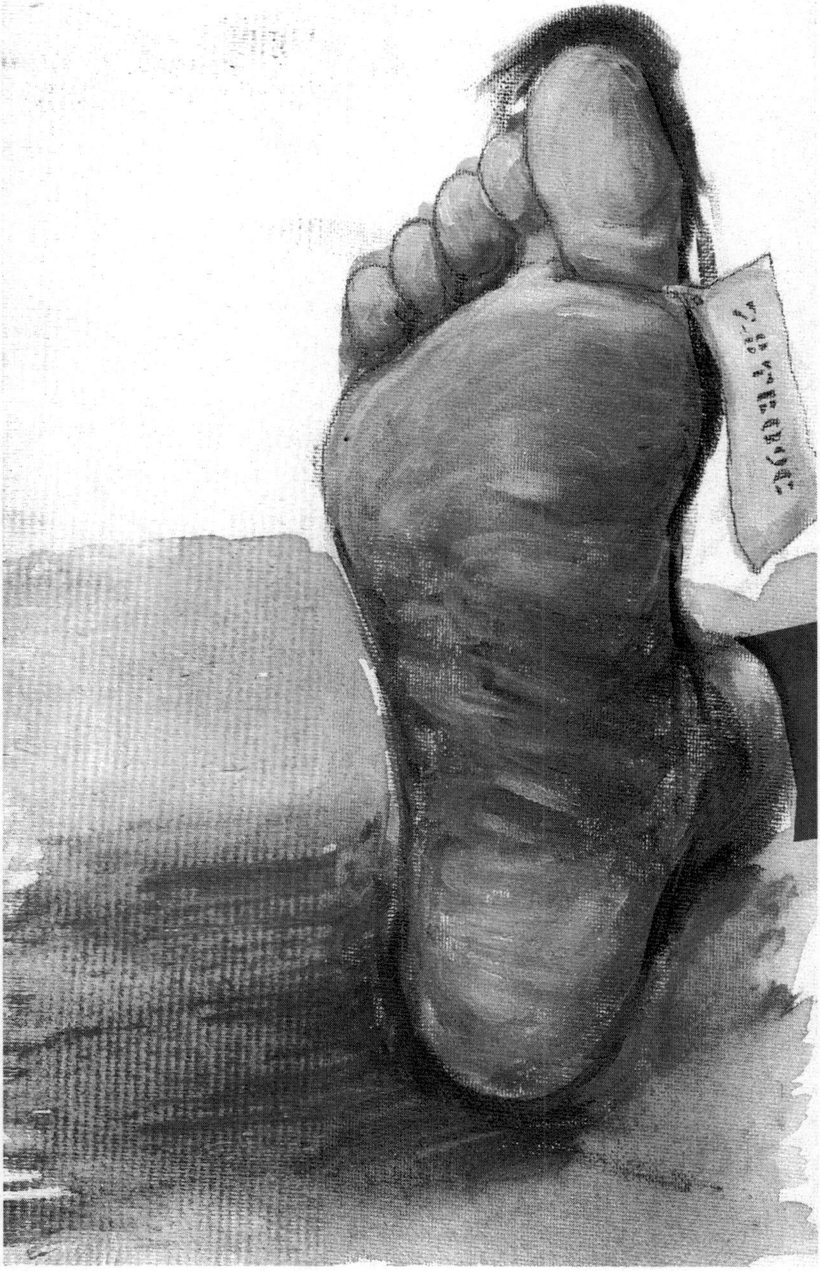

73

›Leben ist eine Krankheit, die tödlich endet‹

Da ihr Auto nach der Inspektion in der Werkstatt nicht zum geplanten Zeitpunkt fertig war, hatte der Mann im graublauen Zweireiher ihr gesagt, sie würden ihr die Zeit schon totschlagen mit bereitliegenden Zeitschriften sowie Getränken ihrer Wahl, woraufhin sie sich veranlasst fühlte, ihm mit funkelnden Augen »Ich habe Krebs, ich habe Krebs!« ins Gesicht zu schreien und so die verdutzten Kunden und Angestellten erlebten, dass in der Halle Echos erschallen konnten.

74

Gelingendes Altern

Zu entscheiden, wen sie sich als Interviewpartner für ihre Zeitung zum Thema »Gelingendes Altern« wünschte, den gerade siebzigjährigen ehemaligen Sportlehrer und Marathonläufer, der sagte, er habe genug erlebt, ihm könne niemand mehr etwas vormachen, oder die fast taube, kleine Frau, die kurz vor ihrem neunzigsten Geburtstag stand und meinte, sie sei nun schon so alt geworden, dass sie nichts mehr für unmöglich hielte, fiel der Journalistin leicht, obwohl sie fürchten musste, während der Fragen ihre ohnehin schon angeschlagene Stimme überstrapazieren zu müssen.

75

Des Schriftstellers Initialzündung

Gerade überlegte er noch, ob das Morgenrot, das die Autobahn und die angrenzende, frisch eingeschneite, leicht hügelige Feld- und Wiesenlandschaft in eine rotgoldene Traumwelt verwandelt hatte, ihm die entscheidende Wendung für die seit Wochen in ihm und seinem Laptop dahindümpelnde Erzählung brachte oder das entfesselte Lächeln einer Nonne auf dem Beifahrersitz des Jaguars, der eben auf der Überholspur an ihm vorübergeglitten war, als er die Abfahrt verpasste und es damit feststand, dass er der Beisetzung seines Kollegen und ihn zu dessen Lebzeiten ewig genervt habenden Rivalen nicht mehr beiwohnen könne, da es auf der Gegenfahrbahn einen 25 Kilometer Stau gab, an den er sich in wenigen Minuten würde anstellen müssen, was er mit nur mäßiger Verärgerung hinzunehmen gedachte, konnte er doch nun in Ruhe seine Gedanken ins Smartphone diktieren.

76

Genugtuung, die kleine zarte Schwester der Rache

Warum sie ihrem Ex-Mann, der sie mehrmals mit seinen Sekretärinnen betrogen hatte, das gemeinsame Haus so großzügig überlassen hat, das er jetzt mit einer neuen Freundin beziehen wird und beide, unter vielen alten und neuen Freunden sowie Arbeitskollegen, auch einigen der von ihm abgelegten Mitarbeiterinnen, zu ihrer wirklich gelungenen Abschiedsparty bewirtete, bei der sie ihren Charme sprühen ließ, war wohl mit dem Rat »Mach deine Feinde neidisch, dass sie nicht mit dir befreundet sind« zu erklären, den sie von ihrer Großmutter bekam, als sie in der Schule gemobbt wurde.

77

Vom kleineren oder grösseren Übel

Die beiden Zwillingstöchter, die im nächsten Frühling bei der Geburt eines zu erwartenden Geschwisterkindes ihren Fünfundzwanzigsten hinter sich haben würden, hatten sich weit mehr echauffiert als die nur zwei und drei Jahre jüngeren Brüder, die sich eher sachlich darüber verständigten, dass mit dieser späten Schwangerschaft ihrer Mutter das zu erwartende Erbe nunmehr nur noch ein Fünftel für jedes Kind betragen würde und die sich deshalb auch ein wenig schuldig fühlten, als der Vater verkündete, dass das, was er als freudige Erwartung wähnte, nun vom Gynäkologen als ein bösartiges Krebsgeschwür diagnostiziert worden sei.

78

Wer Klavier spielt, hat Glück bei den Frauen

Um der kleinen Zarten mit dem silberhellen Lachen und großen Brüsten zu imponieren, übte er sich mit Akribie Beethovens »Mondscheinsonate« auf seinem Klavier ein, nicht ahnend, dass in einigen der vielen Stunden seine Angebetete im Freibad dem Bademeister begegnete, der sie alsbald in gute Hoffnung versetzte.

79

Falladas Ende

Weil er ihr im Rausch seines Schreibens abhandengekommen war, schaffte sie, ihm zu gefallen, nachdem er sein neuestes Werk vollendet hatte, auf weiten Wegen aus der Stadt das Morphium heran, das auch ihr den Höhenflug versprach und musste nun zusehen, dass er ihr ganz entglitt, da er in sein Sterben fiel – für sich allein.

80

Rückzug

Sich dem Werben der jungen, ihn durchaus anziehenden Frau kurz vor der Entscheidung doch zu verweigern, lag wohl daran, dass diese bereit war, nur um mit ihm zu leben, über Leichen zu gehen, was ihn in hohem Maß verunsicherte und an seiner Fähigkeit, sie über die gemeinsamen Nächte hinaus lieben zu können, zweifeln ließ.

81

Werbung ohne Beipackzettel

Warum sich für ihn auf lange Sicht Urlaubsreisen mittels Flugzeug ausschlössen, lag daran, dass man ihm nichts von den etwaigen Blessuren erzählt hatte, die seine Seele gegen alle Vernunft davontragen könne, nachdem er die Brille aufgesetzt hatte, mit der er in eine virtuelle Welt eingetaucht war, von der man ihm versprach, mittendrin und gleichzeitig ganz woanders zu sein.

82

Abschied selbstbestimmt

Das Glas halbvoll, die Pillen zu Genüge, die Gedanken abgeschlossen, das Gefühl auf die allernächste Zukunft gerichtet, schluckte er, was er sich akribisch errechnet hatte, um sich in eine Ordnung zu begeben, die bisher ein geringerer Teil seines Lebens gewesen war, ihn ab jetzt aber überdauern würde und ihn sicher machte, ein Bild zu hinterlassen, was für seine Angehörigen erträglich, wenn nicht sogar tröstlich sein könne.

83

Der Karriere Schlusssequenz

Nachdem die Schauspielerin viele Jahrzehnte mit angstvoller Lust in den Bildern ihres Regisseurs – des berühmten – funktioniert hatte, verweigerte sie sich den Brettern, die die Welt bedeuten, um auf Reisen in sich selbst zu gehen, nicht wissend, dass da ein tiefes Loch auf sie wartete, in dem sie applauslos versank.

84

Puppenwagen

Der Dreijährige legt das iPad zur Seite, nachdem er das Programm beendet hat, cremt seine vier Puppen ein, sie vor der Sonne zu schützen, setzt sie in den verdecklosen Wagen, eines nach dem anderen mit ihren Namen benennend: Polizeiauto, Mercedes, Trabant, Jaguar, und seufzt, dass immer so viel zu tun sei, wenn man an die frische Luft soll.

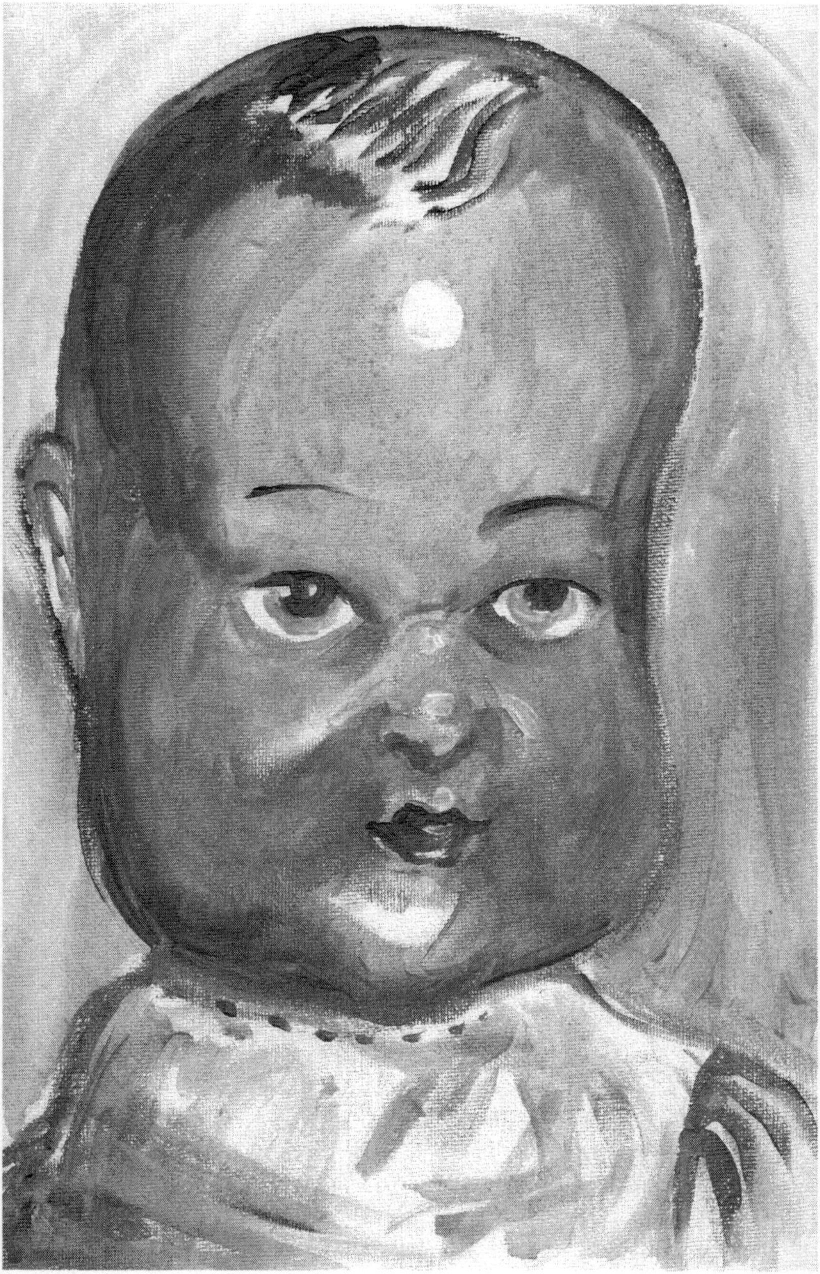

85

Vorahnung

Noch bevor sie ihn sah, wusste sie von seinem Kommen, weil die Luft nach ihm roch und sie die Taschentücher am Morgen nicht umsonst gekauft hatte, ihre Nase zu reinigen, was sie jetzt dermaßen erstaunte und nur wenig glücklich machte, da plötzlich alles so vorhersehbar erschien.

86

Vorübergezogene Gelegenheit

Die zarte Kindfrau, die ihm am Morgen im Schnee beim Vorübergehen ein Lächeln geschenkt hatte, in dem er Verzweiflung vermuten wollte, beobachtete er eine gute halbe Stunde ohne deren Wissen im Spiegel des erst kürzlich renovierten Gründerzeitrestaurants, bevor er sich wieder auf den Weg zwischen die tauenden Felder begab und daran dachte, einmal gehört zu haben, ein verbranntes Gedicht sei wie ein nie geschriebenes.

87

Abrechnung

Sie biss sich auf die Lippen, strich über das Brusthaar ihres Mannes, zählte die ergrauten Haare, 26 und dachte, das war die Zahl der gemeinsam verbrachten Jahre, während sie das Blut auf ihrer Zunge schmeckte.

88

Hoffnung auf Erneuerung

Während eines längeren wortlosen Spaziergangs auf dem Laub des Vorjahres hörten sie plötzlich Trennungsglocken läuten, wussten, dass diese nicht vom Krieg sprachen, dafür fehlte ihnen der Eigensinn und auch die Phantasie, wohl aber vom Weg zu neuen Ufern mit der Erde, wo die Träne wieder quellen würde.

87

Zukunftsplanung

»Vertrau mir, alles wird gut«, hauchte er seiner Geliebten ins iPhone, während er vor Kälte zitternd auf der Terrasse zu Hause die Zigarette ausdrückte, durchs Fenster lächelte und seiner Frau zusah, wie sie dem Vertreter ihrer Bausparverträge, die beide vorhin auf weitere zehn Jahre unterschrieben hatten, das letzte Stück Torte auf den Teller schob.

90

Fahrplan

Er saß im Zug, ließ die Landschaften an sich vorüberziehen, gönnte ihnen keinen Blick, sah in sich hinein und erschrak, da ihm das heranrückende Ziel nicht das zu erreichende war, sondern der Ausgangspunkt für eine Reise ins Ungewisse.

91

Dumm gelaufen

Seine Frau ertappte ihn dabei, als er sich mit seiner Ex-Geliebten per SMS zu verabreden versuchte, stellte ihn zur Rede, erfuhr so, dass er nun doch die Scheidung erwägen werde, wenn sein Handeln von ihr nicht akzeptiert würde, was sie dazu veranlasste, sein Handy in der Toilette zu versenken und gleich darauf ihr Geschäft zu verrichten.

OK

92

Irrtum

Sie wollte alles von ihm wissen, was er dachte, was er fühlte, wieviel Kaffee er getrunken, was für Obst er gegessen, ob er überhaupt etwas zu sich genommen habe, welche Hose er trüge, die Farbe war ihr wichtig, und so fühlte er sich beachtet, über die Maßen gemeint, verwechselte es mit Liebe, ging in die Falle und wagte nun nicht mehr, er selbst zu sein.

93

Täuschung

Der Wind, der mit der Klinke spielte, hatte die alte Frau aufgeweckt und ihr ein Strahlen übers Gesicht gezaubert, da sie zufrieden war mit den überbordenden Vorräten im Kühlschrank, um ihren schon seit Monaten erwarteten Sohn bewirten zu können.

94

Wetterfühligkeit

Das Öffnen ihres BHs und das Öffnen des Reißverschlusses an seiner Hose hatte für den jeweils anderen den gleichen erhellenden Effekt, da ihnen etwas entgegenschwippte, das für sie zu bearbeiten freistand, von ganz hoher Stelle allerdings, durch den plötzlich einsetzenden Platzregen, verhindert wurde.

95

Resignation

›Immer kommt was dazwischen, und wenn's der Rosenmontag ist‹, dachte er, nachdem er sich vorgenommen hatte, ab jetzt nur noch frohe Gedanken zuzulassen, was bedeutete, die verheiratete Frau, die ihn beim Sex immer so hilflos anlächelte, manchen Mann unter den Tisch trank und im Tabellenerstellen ziemlich einzig war, aus seinem Herzen zu streichen und sich einen neuen Haarschnitt zu gönnen.

96

Ertappt

Die Psychotherapeutin war in Gedanken an ihren Lieblingspatienten, während sie die Rabatten sprengte, sich auf die Lippen biss, errötete und plötzlich von ihrem Ehemann von hinten angesprochen wurde, so dass sie den Schlauch fallen ließ, der sinnlos um sich spritzte und dennoch beiden kein Lachen, sondern pure Panik in ihre Herzen trieb.

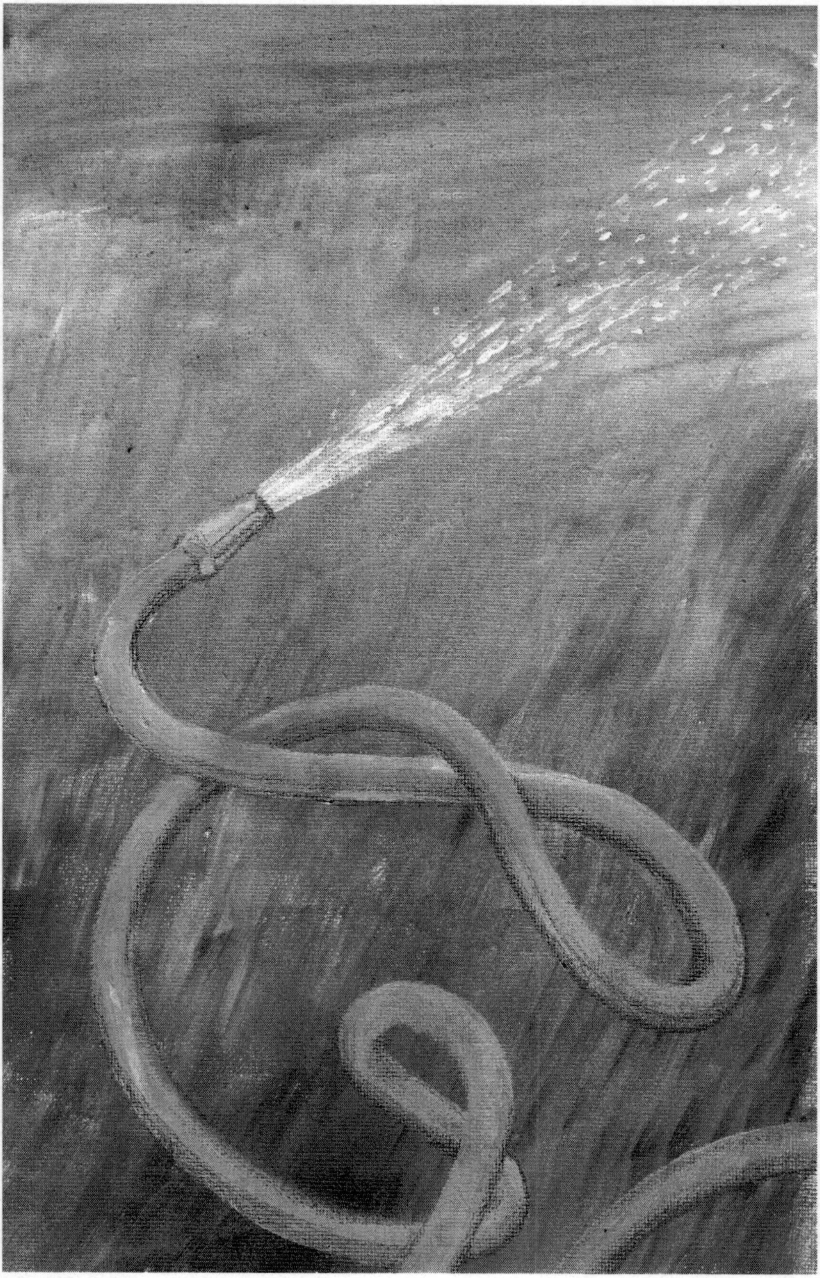

97

Therapieerfahrung

Die beschwerliche Fahrt in ihr Inneres habe sie zwar ihrer Mutter nähergebracht, sagte die kleine Schriftstellerin auf dem großen Sofa im Interview der Buchhandlung, den Rotweinkelch schwenkend, aber auch ihre Ehe beendet, ihr die beängstigenden Assoziationen beim Hören von Taubengegurr nicht nehmen können und sie dazu ermutigt, dem fremden Mann in der dritten Reihe rechts unter ihren Zuhörern zu sagen, dass sie ihn nachher gern mit auf ihr Hotelzimmer nehmen würde.

98

Der Beladene

Dem Lachen der Frau seines besten Freundes, dem er seit Wochen für dessen Seitensprung seine Wohnung zur Verfügung stellte, ausweichend, vergrub er sich während der Begrüßung in ihren Hals, sog ihre Wärme in sich auf, strich versehentlich mit angenehmer Beiläufigkeit über ihre Brust und erwartete ihren Atem nah an seinen Lippen, nur um ihr nicht in die Augen sehen zu müssen.

99

Wunsch

»Es muss doch mal was gut ausgehen«, sagt die Frau, nimmt den Blumenstrauß aus der Vase, den sie vorhin von ihrem Liebhaber zum Abschied geschenkt bekommen hat, drischt damit auf ihn ein und ist von sich selbst überrascht, dass die Bilder in ihr von den gemeinsamen Frühstücken, ihrem Kopf in seinen Händen, den erlebten Sonnenuntergängen in der Bretagne, dem wiedergefundenen Schlüssel von der Hütte am See, in der sie sich liebten, begleitet werden von Satzfetzen, deren Zumutbarkeit weit unter der Gürtellinie anzusiedeln ist.

100

Entscheidung

»Ich bin sehr unglücklich«, sagte er zu seiner Frau, da diese sich von ihm trennen wollte, nur weil sie die Korrespondenz mit seiner Ex-Geliebten nicht mehr duldete, er aber weiter darauf bestehen wollte, und rasierte sich das Kopfhaar ab, um es sich nicht weiter raufen zu müssen.

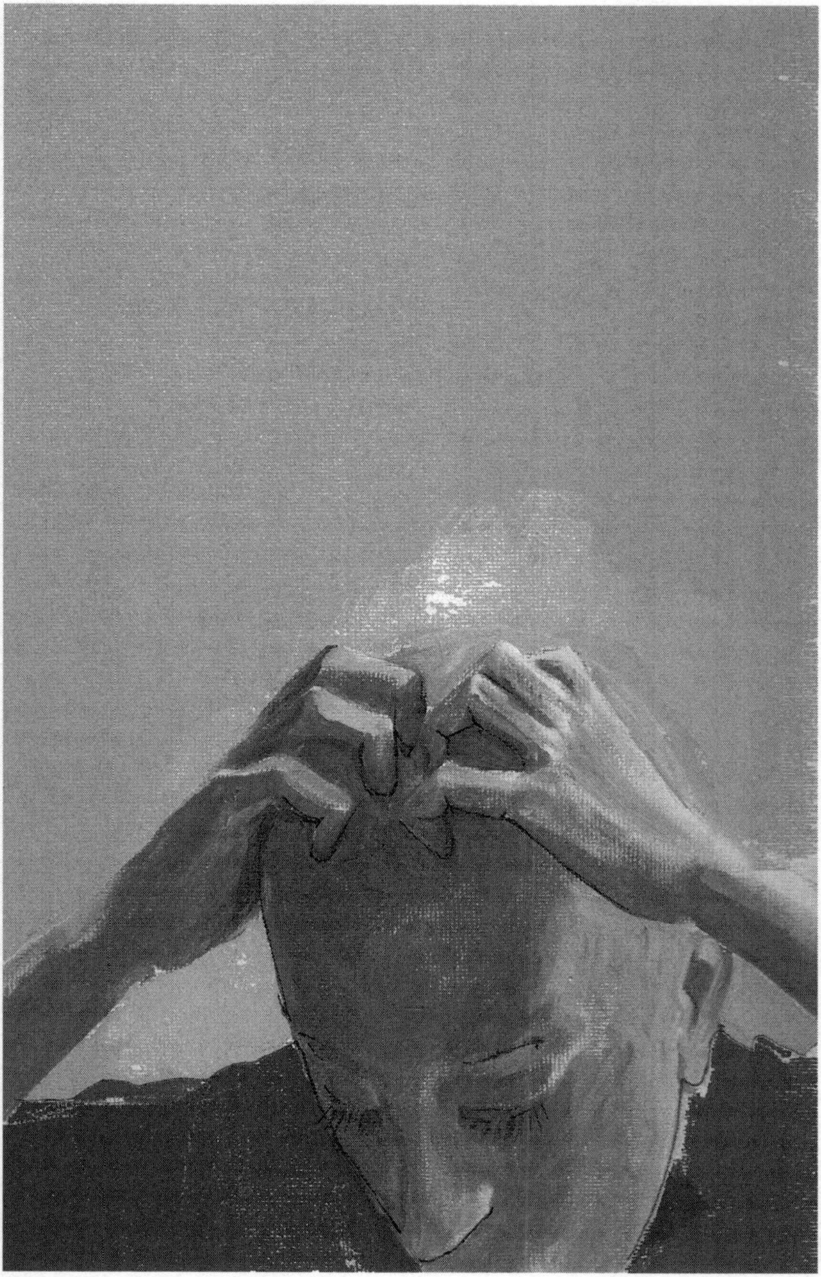

101

Heimat

Während er nach dem Spaziergang noch im Flur seine Lieblingsschuhe vom Hundekot säuberte, hörte er, wie das Gurren der Tauben auf der Terrasse vor der Küche gegen den brodelnden Suppentopf auf dem Herd gewann, roch das neue Parfüm an der kleinen Frau mit dem kurzen Rock über ihrer langen Hose, die ihm entgegensprang und war einigermaßen beruhigt, dass er sie noch heute Abend ohne Scheu von hinten nehmen werden könne, da er mit ihr schon mehrere Jahre das Bett teilte und all das zu seinem bald abbezahlten Haus gehörte.

AUSGABEN

ZUGABE 1

Reinigung

Sie war beim Drehen ihres 39. Films, der x-ten Figur, die sie zu spielen hatte, mit nur mäßig sich unterscheidenden Textvarianten von Liebe und Sehnsucht, ging über eine Wiese, pflückte eine Margerite, wie ihr der Regisseur geheißen, die vierzehnte nach vierzehn Wiederholungen derselben Einstellung und sagte plötzlich in die Kamera: »Das Leben ist eine Verkettung von Beschaffungskriminalitäten, dafür gebe ich meine Haut nicht länger her, meine Seele hattet ihr ohnehin nie«, und verließ das Set, was sie noch teuer zu stehen kommen sollte, bevor sie, nun als Hartz-IV-Empfängerin, nicht mal mehr eine Randbemerkung in der Presse wert war.

Zugabe 2

Schlussstrich mit Perspektive

Noch keine drei Monate war der Gutsherr unter der Erde, als plötzlich einer seiner Schäferhunde, der zwölf Jahre mit ihm gelebt hatte, seine Lieblingshündin, um sie von den Qualen der Trauer zu erlösen, totgebissen hatte und damit der Witwe den Anlass verschaffte, sämtliche Tiere des Hofs einschläfern zu lassen, weil sie die Freiheit brauchte, eine Stadtwohnung zu beziehen mit Fitnessstudio im Keller, einem Swimmingpool auf dem Dach und dem männlichen Hauptdarsteller ihrer favorisierten Vorabendserie als Nachbarn.

Aufgabe 3

Ente, Trente, Argumente …

Fast sieben Stunden saß er nun schon im Lieblingssessel seiner Frau, das ausgeschaltete Smartphone zwischen den Seiten ihrer letzten Lektüre neben sich, seit ihre Leiche abtransportiert worden war, und fürchtete die nächsten Schritte, vor allem den Anruf seiner Geliebten, der er nun sagen musste, dass er es zu keinem Zeitpunkt vorgehabt hatte, mit ihr leben zu wollen.

Inhalt

Sätze wie Smartphone=Fotos 5

1 Der Geschichtenerzähler 8
2 Vertrauen 10
3 Die frischgebackene Familie 11
4 Trauerbewältigung 12
5 Lebenssinn 13
6 Bumerang 14
7 Galgenhumor 16
8 Manuskripte 17
9 Fidibus 18
10 Der neue Lebensabschnitt 19
11 Vielfalt 20
12 Plagiat 22
13 Vorbild 23
14 Deal 24
15 Erkenntnis 25
16 Notwehr 26
17 Freiheit der Entäußerung 28
18 Lektüreempfehlung 29
19 Aufmerksamkeit 30
20 Künstlerleben 32
21 Unfall 33
22 Humor bleibt sexy 34
23 Dankesrede 35
24 Motten 36
25 Wegbestimmung 38
26 Sieger der Geschichte 39
27 Pensionierung 40

28 Rausgeschmissenes Geld 42
29 Bleibende Reue 43
30 Erlösung 44
31 Späte Zärtlichkeit 45
32 Vorahnung 46
33 Termine häufen sich 48
34 Auszehrung 49
35 Der Griff ins Leere 50
36 Gedankenfreiheit 52
37 Feuer 53
38 Was gegen die Ehe spricht 54
39 Ausweg 55
40 Enttäuschte Sehnsucht 56
41 Auszug 58
42 Überbuchung 59
43 Des kleinen Jungen Freude 60
44 Initialzündung 62
45 Versprechen 63
46 Später Fund 64
47 Platonische Vereinigung 66
48 Tanz auf mehreren Hochzeiten 67
49 Trauerarbeit 68
50 Wiedersehen 69
51 Sinnsuche 70
52 Unmögliche Befriedigung 72
53 Rückkehr 73
54 Nicht erwähnenswert 74
55 Gewinnspiel 76
56 Pietät 77
57 Rechnung geht nicht auf 78
58 Präkastination in Reinkultur 79
59 Himmlische Täuschung 80

60 Tatbestand: Hausfriedensbruch 82
61 Lücken 83
62 Vom Haltenwollen 84
63 Zweifel 85
64 Merkwürdigkeiten 86
65 Zuversicht 88
66 Vorausplanung 89
67 Doppelt unverdientes Pech 90
68 Alternative 91
69 Trost 92
70 Neuzeit 94
71 Hingabe 95
72 Zukunftsplanung 96
73 ›Leben ist eine Krankheit, die tödlich endet‹ 98
74 Gelingendes Altern 99
75 Des Schriftstellers Initialzündung 100
76 Genugtuung, die kleine zarte Schwester der Rache 102
77 Vom kleineren oder größeren Übel 103
78 Wer Klavier spielt, hat Glück bei den Frauen 104
79 Falladas Ende 106
80 Rückzug 107
81 Werbung ohne Beipackzettel 108
82 Abschied selbstbestimmt 110
83 Der Karriere Schlusssequenz 111
84 Puppenwagen 112
85 Vorahnung 114
86 Vorübergezogene Gelegenheit 115
87 Abrechnung 116
88 Hoffnung auf Erneuerung 117

89 Zukunftsplanung 118
90 Fahrplan 119
91 Dumm gelaufen 120
92 Irrtum 122
93 Täuschung 123
94 Wetterfühligkeit 124
95 Resignation 125
96 Ertappt 126
97 Therapieerfahrung 128
98 Der Beladene 129
99 Wunsch 130
100 Entscheidung 132
101 Heimat 134

Zugaben
001 Reinigung 136
002 Schlussstrich mit Perspektive 137
003 Ente, Trente, Argumente … 138

Foto: Sansibar

Nele Heyse wuchs in Weimar auf, lebt in Berlin und Halle. Nach ihrem Studium an der Berliner Schauspielschule »Ernst Busch« arbeitete sie in Engagements als Schauspielerin in Deutschland, der Schweiz und in Israel. Außerdem schreibt sie von klein auf an Erzählungen, Romanen und Lyrik, spielt neben ihrer Bühnen- und Filmtätigkeit eigene Programme und liest aus ihren Texten. Im Mitteldeutschen Verlag erschienen ihr Roman »Haltewunschtaste« (2014) und ihr Gedichtband »Zeit ist eine Kugel« (mit einem Vorwort von Christoph Hein, 2016).

Foto: privat

Joachim Hamster Damm, geboren 1965 in Saalfeld, studierte Bühnen- und Kostümbild an der Kunsthochschule Berlin Weißensee und arbeitet als freiberuflicher Ausstatter, Grafiker und Puppenbauer an verschiedenen Theatern im deutschsprachigen Raum, unter anderem Schauspielhaus Bochum und Berliner Ensemble. Seit 2005 leitet er das Künstlernetzwerk »Fluchtkunst«, das mehrere große Figurentheaterprojekte mit Schülern umgesetzt hat.

2017
© mdv Mitteldeutscher Verlag GmbH, Halle (Saale)
www.mitteldeutscherverlag.de

Alle Rechte vorbehalten.

Gesamtherstellung: Mitteldeutscher Verlag, Halle (Saale)
Lektorat: André Schinkel, Halle (Saale)

ISBN 978-3-95462-910-7

Printed in the EU